Julien Vergne

Moi, Renart

d'après le Roman de Renart

Illustrations de
Pierre-Yves Fourrier

SEDRAP Jeunesse

Avertissement

Les textes présentés dans cette collection appartiennent tous au patrimoine de la littérature classique, française et étrangère.

Certains ont été allégés, d'autres réécrits dans le but de les rendre accessibles aux enfants d'aujourd'hui.

Tout a été pensé pour que la lecture soit agréable, facile et adaptée à tous les enfants quel(le) que soit leur niveau ou leur envie de lire.

La mise en pages, les caractères d'imprimerie, les espaces entre les mots et les lignes, le vocabulaire participent à une lecture aisée pour le plaisir de lire.

Enfin, ce qui caractérise le plus cette collection, c'est le découpage du récit (grâce aux illustrations) en petits moments de lecture.

L'enfant lit quelques pages, regarde l'illustration, referme son livre, rêve, imagine... et l'ouvre de nouveau avec un réel intérêt.

L'œuvre

Le *Roman de Renart* est une œuvre héroï-comique de la fin du XIIe siècle-début du XIIIe siècle.

Écrite par des clercs anonymes, elle est inspirée de l'œuvre d'Ésope et de celle d'un écrivain flamand : Nivard.

En vingt-sept récits qui mettent en scène des animaux, cette œuvre raconte la guerre incessante entre Renart, le goupil, et Ysengrin, le loup.

Ces récits dépeignent aussi la société médiévale (seigneurs, chevaliers, nobles...) de cette époque.

Ils vont devenir tellement célèbres, que le nom germanique du goupil (*Reinhart*) va devenir le nom français de l'animal (renard) !

L'adaptation

Julien Vergne (de son vrai nom ...) propose, pour les jeunes lecteurs, une adaptation moderne et originale des plus célèbres aventures de Renart.

C'est Renart lui-même qui raconte ses exploits ! Mais faut-il toujours le croire et ne devrait-on pas de temps en temps donner la parole à Ysengrin ?

①

Moi, Renart

On me nomme renard, on me nomme goupil : je m'appelle Renart.

On me dit rusé, on me dit malin : c'est vrai.

On me dit fourbe, on me dit sournois : c'est un peu moins vrai !

Mais que veux-tu, ami lecteur ! il me faut bien nourrir ma famille : la douce Hermeline et mes deux renardeaux chéris, Malebranche et Percehaie.

Alors, bien sûr, poules, coqs, lapins, fermiers, chasseurs et quelques autres te diront le plus grand mal de moi. Si tu le croises, Ysengrin, lui aussi, te racontera les pires horreurs sur mon compte !

Ysengrin : c'est le loup. Au début, nous étions amis ; surtout qu'il est beaucoup plus fort que moi ! Beaucoup plus fort mais surtout beaucoup, beaucoup plus bête ! Alors c'est vrai, je lui ai joué quelques tours... pendables.

Mais, je ne suis ni aussi

mauvais, ni aussi cruel que beaucoup le prétendent. C'est pour cela que j'ai décidé de te raconter quelques-unes de mes aventures.

Elles sont toutes vraies ! Je te le promets : aussi vraies qu'un renard qui parle et qui écrit !

Foi de goupil !

2

Les jambons

Ce jour-là, comme souvent, mon ventre crie famine. J'ai chassé toute la journée mais sans le moindre succès. J'ai juste mis la dent sur un vieux mulot et quatre sauterelles. Bref ! ni de quoi être rassasié, ni de quoi être fier de rentrer à Maupertuis où Dame Hermeline et mes deux petiots m'attendent, tous les trois affamés.

Je décide alors de passer chez Ysengrin, mon « ami » le loup. Il vit, avec sa compagne, Dame Hersent, dans une maison confortable. Ils ont fini de manger quand j'arrive.

Mon poil hérissé et ma langue pendante semblent les apitoyer.

– Que t'arrive-t-il ? me demande Ysengrin. Ça ne va pas ?

– Non, je ne me sens pas très bien.

– Tu m'as l'air de mourir de faim !

– Non, ce n'est pas ça. J'ai dû attraper une maladie, dans les bois.

– Maladie ou pas, il faut que tu manges ! insiste Ysengrin qui se tourne vers Dame Hersent. Apporte-lui un plat de rognons et de rate. C'est excellent pour la santé.

Moi, ce que je préférerais plutôt, ce sont les trois jambons suspendus au plafond et que j'ai tout de suite reniflés et vus en entrant chez Ysengrin.

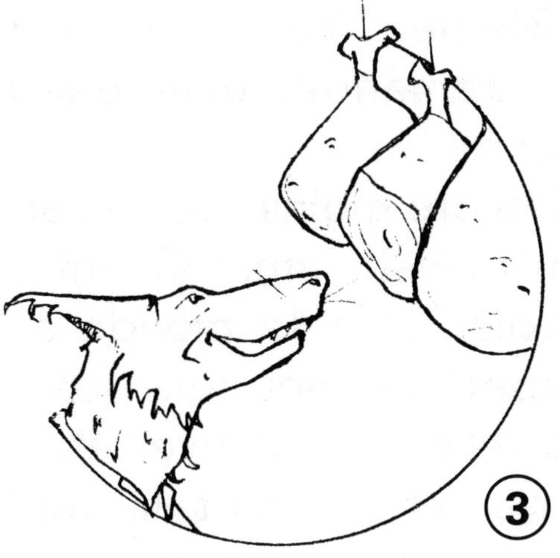

– Je te remercie, Ysengrin. Mais je vois que tu as, là, trois beaux jambons ! Tu n'es pas prudent : n'importe quel voisin peut venir et en vouloir sa part. Je serais toi, je les décrocherais tout de suite et je crierais partout et bien fort qu'on me les a volés.

– Bah ! me dit Ysengrin, tu t'inquiètes pour rien. N'importe qui peut les voir, jamais il n'en connaîtra le goût !

– Même… euh… même si on t'en demande une ou deux tranches ?

– Encore moins ! Même si c'est mon meilleur ami ! Quant à me les voler, tout le monde a bien trop peur de moi.

J'arrête là la conversation. Je mange (en tordant le nez) les rognons et la rate et je prends congé d'Ysengrin et de Dame Hersent.

Tu dois te dire, ami lecteur : « Voilà une aventure bien peu intéressante ! » Attends, elle n'est pas finie ! Écoute la suite.

Le soir venu, alors que tout le monde dort chez Ysengrin, je monte sur le toit de sa maison. Sans bruit, je déplace quelques tuiles et m'empare sans peine des trois jambons. Je peux rentrer à Maupertuis. Dame Hermeline et les renardeaux m'y accueillent à bras ouverts. Après un grand festin, je cache ce qu'il reste des trois jambons sous la paille de mon lit.

4

Le lendemain, après une bonne nuit et un solide petit déjeuner, je retourne du côté de chez Ysengrin. Ce n'y est que cris et pleurs :

– Au secours ! Dame Hersent ! Au secours ! Nous sommes perdus ! On a volé mes jambons ! Mes chers, mes tendres jambons ! Qui a osé commettre ce crime ? Quel infâme voisin ?

Oh… Dame Hersent… nous sommes perdus !

Je ne peux résister. J'entre et je m'étonne :

– Que t'arrive-t-il, Ysengrin ? Tu es malade ?

– Ça, pour être malade, j'en suis malade ! On m'a volé mes jambons !

Alors, j'éclate de rire et je dis :

– On t'a volé tes jambons ! Va vite le crier partout dans le village, que tous tes voisins en soient sûrs et te croient.

– Mais c'est la vérité ! hurle Ysengrin. On me les a volés !

– Allons ! dis-je, tu ne vas pas me faire croire ça, à moi ! Je sais bien que tu as mis tes jambons à l'abri. Et tu as raison ! Cache-les et garde-les pour toi.

– Je te jure, frère Renart, qu'on

me les a volés. Si je les avais encore, je me ferais un plaisir de les partager avec toi. Ah ! si je retrouve celui qui a osé...

Il est temps pour moi de quitter Ysengrin. Je saute sur l'armoire, puis de l'armoire sur la poutre à laquelle étaient suspendus les jambons, et enfin par le trou du toit. De là-haut, je claironne :

– À bientôt, Ysengrin. N'oublie pas de faire réparer ta toiture. Ça te coûtera quelques écus, mais beaucoup moins cher que si on t'avait volé tes jambons !

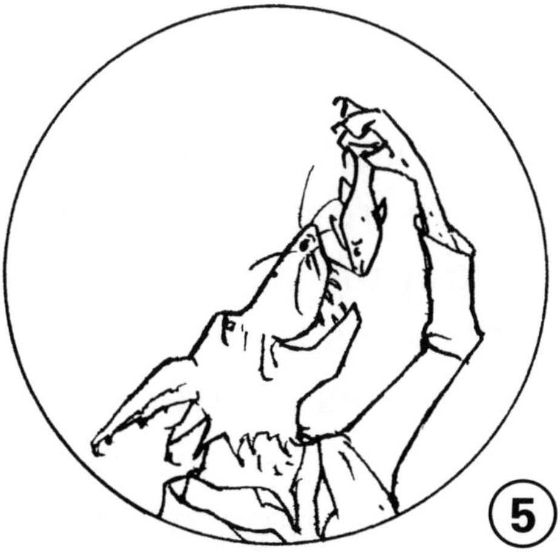

5

Les poissons

C'est l'hiver. Il y a longtemps que les trois jambons d'Ysengrin ne sont plus qu'un lointain souvenir. Si Dame Hermeline et mes renardeaux ne sont pas encore morts de faim, c'est que chaque jour, je prends des risques insensés pour leur rapporter une poule, un lapin ou même un morceau de pain. Les poulaillers sont de mieux en mieux gardés par des chiens de plus en plus féroces : le froid, sûrement.

Mais, depuis deux jours, rien à se mettre sous la dent ! Pourtant, je ne peux pas rentrer bredouille à Maupertuis ; j'aurais trop honte de croiser le regard affamé de mes enfants. Assis sur un talus, j'en suis là de mes pensées quand j'entends un bruit sur la grand-route.

Je m'approche : une charrette. Elle est tirée par un vieux cheval et conduite par deux hommes. Derrière eux, j'aperçois des paniers. Ils débordent de poissons : harengs, anguilles, lamproies, saumons...

Ni une ni deux : je fais un large détour par le bois et rejoins la route, une demi-lieue plus loin, au sortir d'un grand tournant. Je m'allonge au milieu de la chaussée, pattes écartées, langue pendante, plus mort que mort !

Quand la charrette débouche du tournant, un des marchands de poissons m'aperçoit :

– Oh ! fait-il. Stop là ! Regarde, compagnon, n'est-ce pas un goupil, ou blaireau, là-bas ?

– Si, répond son ami. C'est un goupil et un beau ! Capturons-le sans trop le massacrer. Sa fourrure m'a l'air fort belle ; nous en tirerons un très bon prix.

Ils descendent de la charrette, et sans bruit, s'avancent vers moi, chacun armé d'un bâton. Je retiens ma respiration. Ils me poussent du pied, ils me pincent, me tirent, me soulèvent pattes et queue : je ne bronche pas.

– Il est mort, dit le plus jeune des marchands. Il ne nous aura pas donné beaucoup de mal !

Je suis soulevé de terre et j'atterris, comme prévu, dans un panier, au milieu des poissons.

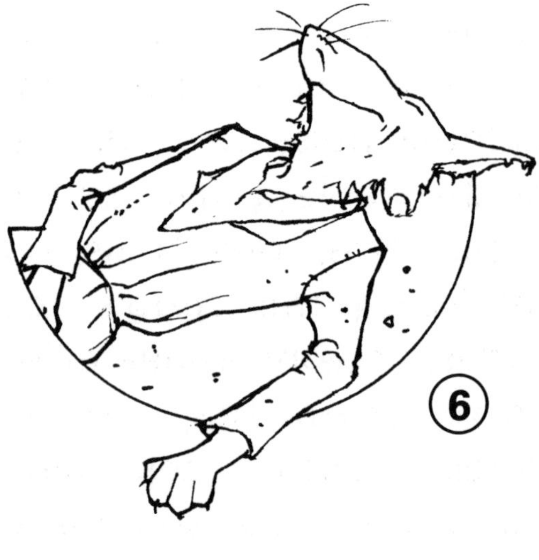

6

Crois-moi, ami lecteur, ces poissons étaient les meilleurs que j'aie jamais mangés !

Je m'en gave le temps que les deux hommes parlent de me découdre la peau. Ils sont tellement heureux de leur marché et d'avoir trouvé un aussi beau renard que je pourrais m'asseoir à côté d'eux sans qu'ils s'en aperçoivent. Enfin... je n'essaie pas !

Une fois rassasié, je me demande comment ramener quelques poissons à Maupertuis. Par chance, je trouve, au fond de la charrette, des brins d'osier. Très longs, très souples et très solides, ils vont à merveille pour embrocher les poissons. J'attache ensuite ces guirlandes d'anguilles et de saumons autour de ma taille et je saute de la charrette en criant :

– MERCI POUR LE REPAS ET BON MARCHÉ, MESSIRES !

Les deux marchands se retournent et découvrent, effarés, leurs paniers aux trois quarts vides.

– Maudit goupil ! hurle le plus jeune. Il n'était pas mort. Quel malheur, nous sommes ruinés ! Mais je vais t'attraper et t'arracher la peau.

Il s'apprête à se lancer à ma poursuite quand son compagnon lui dit :

– Reste là. Tu ne le rattraperas pas et il est capable de te jouer encore un mauvais tour. Mais j'espère qu'il va en crever d'indigestion !

Rassure-toi, ami lecteur, je n'en suis pas mort. Seul Malebranche s'est un peu écorché le gosier avec une arête de saumon !

7

La pêche

Nous sommes en train de finir une fricassée d'anguilles quand on frappe à la porte. C'est Ysengrin. Il est efflanqué et a fort mauvaise mine.

– Bonjour, frère Renart, me dit-il. Aurais-tu quelques provisions à me prêter en attendant que je retrouve mes trois jambons ?

– Hélas non, frère loup ! Nous venons de finir notre dernier poisson…

En réalité, ami lecteur, j'ai caché une vingtaine d'anguilles dans le puits. Je n'allais quand même pas les suspendre au plafond !

… Par contre, je retourne à la pêche. Si tu veux me suivre, je connais un endroit fabuleux.

– Avec plaisir. Mais je n'ai ni canne à pêche, ni filet, ni épuisette.

– Pas besoin, frère loup. Je pêche avec un seau que j'attache à ma queue.

J'embrasse ma petite famille et je quitte Maupertuis accompagné d'Ysengrin. Il fait un froid terrible : la rivière charrie de gros blocs de glace et tous les lacs sont gelés.

– Nous n'attraperons jamais un poisson par ce temps ! constate Ysengrin.

– Au contraire ! Regarde, là-bas, cet étang. Les paysans ont fait un trou au milieu de la glace. Il suffit d'y plonger le seau et les poissons s'y précipitent. Tu vas voir, je vais te montrer.

– Pas question ! aboie Ysengrin, en me montrant les dents. C'est moi qui vais pêcher en premier.

– Comme tu veux.

– Tiens, attache-moi le seau après la queue. Je vais le plonger dans le trou. C'est bien comme cela que tu fais ?

– Exactement.

8

Je serre de toutes mes forces le seau après la queue d'Ysengrin et lui donne les derniers conseils :

– Assieds-toi au-dessus du trou et tiens-toi immobile une heure ou deux. Quand tu sentiras une foule de poissons dans le seau, relève-toi d'un seul coup.

– Je sais être patient, frère Renart, et j'attendrai que le seau soit bien plein.

Je laisse là Ysengrin et vais me

cacher derrière un buisson pour guetter sa pêche.

Est-ce que je t'ai dit, ami lecteur, que la nuit commence à tomber ?

Et bien sûr, avec la nuit, le froid augmente. Alors l'eau, autour de la queue d'Ysengrin, se change en glace. Ysengrin sent sa queue qui est pressée. Ses yeux pétillent et je l'entends chantonner :

Tous les poissons dans ce seau en fer
Quelle belle pêche je vais faire !
J'attends encore une demi-heure
Et à moi les truites au beurre !
Quant à ce satané Renart
Il n'est pas près d'avoir sa part !

J’attends quelques minutes et je sors du buisson.

– Alors frère Ysengrin, la pêche est bonne ?

– Merveilleuse ! Le seau est plein, j’arrive.

Pauvre Ysengrin ! Il tire de toutes ses forces mais le trou s’est refermé et sa queue est prise dans la glace.

– Frère Renart, s’écrie-t-il, le seau est trop lourd. Je ne peux pas le remonter.

9

– Ah ! fais-je en riant, tu as voulu prendre trop de poissons !

– Viens m'aider au lieu de te moquer ! Nous partagerons.

– Comme les jambons ?

– Je t'ai dit mille fois qu'on me les a volés ! S'il te plaît, viens m'aider. Je crois que ma queue va casser !

– Impossible, frère Ysengrin ! J'entends les chiens de Maître Constant. Je vais essayer de les éloigner le temps que tu sortes ta pêche.

Je ne mens pas ! Les chiens se lancent à ma poursuite ; mais je suis bien trop malin pour eux !

Et Ysengrin ? me diras-tu, ami lecteur.

Ysengrin, c'est Maître Constant

qui l'a délivré de la glace. En passant près de l'étang, il voit le loup et s'aperçoit qu'il est prisonnier de la glace. Alors, Maître Constant brandit son épée en hurlant :

– Ce coup-ci, loup, tu es mort !

Mais dans sa précipitation, le malheureux chasseur glisse et son épée, au lieu de fendre la tête d'Ysengrin, lui coupe la queue ! Ce dernier, hurlant de douleur, prend ses jambes à son cou et s'enfonce dans la forêt.

Comment je sais ça ?

C'est Ysengrin lui-même qui me l'a raconté. Un Ysengrin tout honteux de n'avoir plus de queue et encore plus malheureux de n'avoir pas eu assez de forces pour remonter sa pêche miraculeuse !

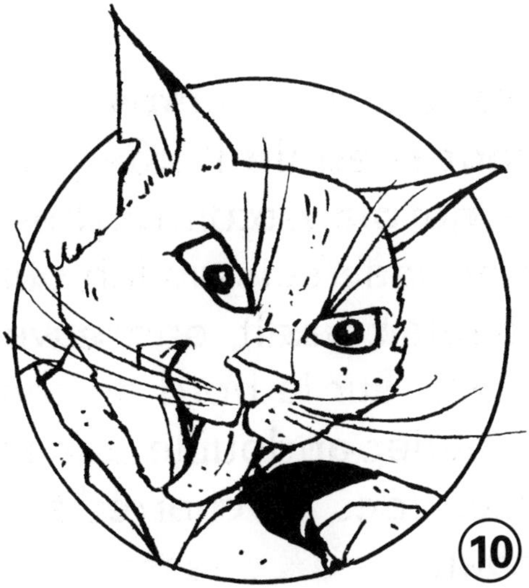

L'andouille

Ami lecteur, je te sens perplexe ! Tu te dis : « Renart est un fanfaron ! Il ne raconte que des aventures où il a le beau rôle ! » Alors, rassure-toi, il m'arrive de trouver plus malin que moi.

Tybert, par exemple !

Tybert est un chat avec lequel,

de temps en temps, je fais quelques affaires. Ce jour-là, alors qu'on vient de jouer un vilain tour à Ysengrin (eh oui ! on ne se refait pas !), on trouve une andouille, sur le bord du chemin. Une belle andouille sûrement tombée de la charrette d'un boucher.

– Ah ! la belle affaire ! Je meurs de faim. On partage, ami Tybert !

– D'accord, me répond le chat. Mais, allons la manger plus loin. Il pourrait passer par ce chemin quelque vilain avec qui nous serions obligés de partager.

– Tu as raison, dis-je en saisissant l'andouille en son milieu. Suis-moi.

– Mais, ce n'est pas ainsi que l'on porte une andouille ! s'exclame Tybert.

– Et comment donc ?

Je la lui donne. Elle est lourde. Il se fatiguera à la porter seul et c'est moi qui la mangerai tout entière ! Il l'attrape par un bout et la jette sur son épaule. Ensuite, il se met à courir et grimpe sur une croix.

– Dépêche-toi, ami Renart ! Monte avec moi. Là nous serons tranquilles !

– Mais tu sais bien que je ne grimpe ni aux arbres, ni aux croix !

– Alors, tant pis pour toi ! Tout le monde sait qu'il faut manger l'andouille sur une croix.

Je commence à m'impatienter sérieusement :

– Allez, sois gentil, lance-m'en la moitié !

– Sûrement pas ! Je ne voudrais pas que tu sois malade en la mangeant là où il ne faut pas !

– Tu te moques de moi !

– Tu crois ?

J'enrage. Quel effronté ! Me faire ça, à moi ! Mais je n'ai pas dit mon dernier mot :

– D'accord, ami Tybert, bon appétit ! Mais je t'attends : tu seras bien obligé de descendre boire après un tel repas !

– Que non ! miaule Tybert, la bouche pleine. Dieu, qui est bon, a fait un trou en haut de la croix ; il est plein d'eau.

– Ça ne fait rien, dis-je un peu amer. Je ne quitterai pas le pied de cette croix tant que tu ne seras pas descendu et que je ne t'aurai pas mangé !

Oui, mais voilà ! Ce que je n'ai pas prévu, ce sont les chiens qui arrivent, là-bas, au bout du chemin ! Ils chassent et je n'ai pas envie de finir entre leurs crocs !

– Mais où cours-tu si vite ? se moque Tybert. Tu t'en vas déjà ? Reviens, Renart ! Je connais ces chiens ; ce sont des amis !

L'andouille (une autre !)

Seulement voilà, ami lecteur, j'étais sûr que j'aurais ma revanche ! Comment ? Tu ne vas pas tarder à le savoir...

Un jour que je repasse près de la croix, je vois Tybert jouer à la marelle avec Frémont la fourmi, Blanche l'hermine et Rousse l'écureuil.

Je m'approche d'eux et leur demande ce qu'il y a à gagner.

– Nous avons volé une andouille, me dit Blanche l'hermine, et nous la jouons à la marelle car nous ne savons pas comment la partager équitablement.

Tout en cherchant l'andouille des yeux, je leur propose de la partager en quatre.

– Mais je suis plus gros qu'eux ! s'exclame Tybert.

– Oui, mais c'est moi qui ai vu le boucher en premier, dit Frémont la fourmi.

– D'accord, mais c'est moi...

Le temps qu'ils se disputent, j'inspecte du regard tous les environs : pas de trace de l'andouille !

– Eh bien, vous n'avez qu'à me la donner ! dis-je en montrant les crocs.

Les quatre compères s'enfuient à toutes jambes. Enfin, trois ! Car Tybert, lui, est monté sur la croix et me dit :

– Merci, frère Renart ! Tu m'as débarrassé de ces trois casse-pieds ! Grâce à toi, je vais pouvoir déguster cette délicieuse andouille, que l'on avait mise sur la croix le temps que nous la jouions à la marelle ! Quand je les reverrai, je leur dirai que c'est toi qui l'as mangée et ils ne m'en voudront pas !

Que faire ? Je ne peux pas supporter une nouvelle fois cette situation, ni attendre l'arrivée des chiens ! Soudain, une idée :

– Attends, ne la mange pas

tout de suite ! Ne fais pas de bruit !

Et je me mets à fureter avec mon museau tout autour de la croix.

– As-tu vu, Tybert ?

– Quoi ?

– Là, il y en a au moins six !

– Six quoi ? Parle ! Qu'as-tu découvert ?

– Six souris, bien sûr !

À ces mots, Tybert oublie qu'il est sur une croix. Il saute de joie et... perd l'équilibre. Dans sa chute, il lâche l'andouille. Je m'en saisis et la dévore sur place le temps que le pauvre Tybert, qui a repris ses esprits, cherche désespérément les souris.

– Tiens, lui dis-je en me léchant les babines, je te laisse la ficelle de l'andouille au cas où tu attraperais une souris ! Adieu, cher Tybert ! Adieu et… sans rancune !

13

Le miel

Après avoir quitté Tybert, je décide de continuer la journée par une petite sieste, sous un chêne. Cette andouille était délicieuse, mais j'ai beaucoup de mal à la digérer.

Je fais un mauvais rêve : je suis moi-même transformé en andouille et... c'est le moment où j'ouvre un œil. Horreur ! je reconnais, penché sur moi, les crocs en avant, frère Brun, le gigantesque ours.

– J'ai faim ! hurle-t-il. Alors tu vas faire mon repas, bien que tu ne sois pas très gras !

Pas de temps à perdre, il faut que je m'enf... Aïe ! il a son énorme patte sur ma queue !

– Allez, m'encourage-t-il, tire encore un peu et ta queue subira le même sort que celle d'Ysengrin !

– Pitié, frère Brun, ne me mange pas ! Je suis maigre et mes os sont très pointus !

– Aucune importance, j'ai de très bonnes dents et je peux digérer n'importe quoi.

Qu'aurais-tu fait à ma place,

ami lecteur ? Eh bien, écoute ! Si un jour tu rencontres un ours qui en veuille à ta peau...

– D'accord, frère Brun, mange-moi ! Mais avant, laisse-moi faire une chose, une seule chose.

– Laquelle ?

– Prendre un dernier repas.

– Pourquoi pas, tu n'en seras que plus gras. Et le renard farci doit être délicieux !

– Surtout farci au miel...

– À quoi, dis-tu ?

– Au miel. J'ai trouvé un arbre au tronc fendu, rempli d'un miel succulent.

À ces mots, l'ours ne se sent plus de joie :

– D'accord ! s'écrie-t-il. Conduis-moi tout de suite jusqu'à ce lieu merveilleux. Je finirai mon repas par ce mets que j'aime plus que tout ! Mais n'essaie pas de t'échapper où je te croque sur place !

14

J'emmène frère Brun jusqu'à un arbre que les bûcherons ont commencé de fendre pour en retirer de toutes petites planches. Ils ont laissé deux coins dans l'ouverture pour l'empêcher de se refermer.

– Bien, dis-je, je vais dans le trou. Je mange le miel et tu n'as qu'à m'attendre à la sortie pour me dévorer.

– D'accord, mais n'avale pas tout le miel !

– C'est mon dernier repas ; je mangerai tout ce dont j'ai envie.

– Dans ce cas-là, me dit frère Brun, laisse-moi goûter en premier.

Et sans attendre ma réponse, il m'écarte d'un coup de patte et engage sa tête dans le trou de l'arbre. Alors je ne perds pas une seconde : je tire de toutes mes forces sur les deux coins et je les fais sauter. Aussitôt la fente de l'arbre se referme et coince la tête de frère Brun. Tout occupé qu'il est à chercher le moindre gramme de miel, il ne s'est pas aperçu du piège qui vient de se refermer sur lui !

– Allez, tire bien la langue et ouvre la bouche ! Je ne t'avais pas menti : il est délicieux ! Mais n'en mange pas trop, ta tête grossit déjà. J'ai peur que tu ne puisses pas la sortir du trou !

Pauvre frère Brun ! Ce jour-là, il ne mangea ni renard ni miel. Par contre, il laissa beaucoup de peau et de fourrure dans le trou de l'arbre. Le cou et la tête tout écorchés, il se trouva si laid qu'il en quitta la forêt !

15

Le héron et les canards gras

Me voilà débarrassé de frère Brun ; mais j'ai toujours aussi faim ! À Maupertuis, la réserve de poissons doit fondre comme neige au soleil. Foi de Renart, il me faut trouver de la nourriture en abondance.

C'est le long de la rivière que j'aperçois mon prochain repas : Pinçart, le héron... Il est en train de pêcher au bec, tous les sens aux aguets. C'est un animal très craintif, prêt à s'envoler au moindre courant d'air. Comment faire pour s'approcher de lui ?

Ami lecteur, si je mérite ma réputation d'animal rusé, c'est dans ces moments qu'il me faut en faire la preuve.

Je rampe jusqu'au bord de l'eau et me cache au milieu de hautes fougères. Les fougères ! voilà la solution ! J'en arrache plusieurs brassées et j'en fabrique trois radeaux. Je lâche le premier. Le courant l'emporte vers Pinçart. Le héron, surpris, sort son bec de l'eau, fait un bond en arrière. Mais reconnaissant un tas de fougères, il reprend tranquillement sa pêche.

16

Moi, j'ai déjà mis à l'eau le deuxième radeau qui dérive vers Pinçart. Ce dernier y prête à peine attention. Au passage du troisième, le héron ne relève même pas la tête et continue sa pêche. Enfin, pas longtemps ! car je suis dans ce radeau, bien caché au milieu des fougères qui ont la même couleur que ma fourrure ! Arrivé à la hauteur du héron, je lui saute dessus, lui tord le cou et le ramène sur la berge.

Mais il est tard pour rentrer à Maupertuis. La nuit, je peux faire quelque mauvaise rencontre. Je décide d'attendre le lever du jour sur une meule de foin qu'un paysan a laissée sur le pré qui borde la rivière. J'avale une cuisse du héron et je m'endors paisiblement, bien au chaud dans le foin.

Tu ne vas pas me croire, ami lecteur ! Quand je me réveille, je suis... au beau milieu de la rivière.

Pendant la nuit, elle a débordé. L'eau a soulevé la meule et l'a déplacée de plusieurs centaines de mètres. Si je saute, je me noie, et si je reste où je suis, je me noie aussi car à moins d'une lieue, il y a une terrible cascade !

J'en suis là de mes tristes pensées quand je vois une barque qui se dirige droit vers moi. C'est le paysan qui vient sauver sa meule de foin.

17

Quand il m'aperçoit (je n'ai rien fait pour me cacher, au contraire !), il s'écrie :

– Mais c'est un goupil ! Et un beau ! Quelle chance ! Si je l'attrape, je vais en tirer un bon prix.

Il cale sa barque contre la meule, prend une rame et essaie de m'assommer. C'est un jeu d'enfant, pour moi, que d'éviter ses coups. Alors, il décide de venir me capturer. Il saute à plat ventre dans le foin. Quand il se relève, je suis déjà dans la barque ! Je saisis la rame restante, l'appuie contre la meule et pousse de toutes mes forces. Sauvé !

Quand il se rend compte de la situation, le paysan se met à hurler :

– Maudit goupil, reviens ! Je

suis perdu ! Je ne sais pas nager ! Reviens !

– Dirige la meule vers la rive avec ta rame.

– Elle n'est pas assez longue. Reviens, goupil ! Je te laisserai la vie sauve. Je te donnerai même un des canards gras qui sont au f...

Ah ! le brave paysan. Il en a trop dit ! Je soulève les couvertures, au fond de la barque. Dessous : trois canards gras, tués le matin même !

– Merci, mon ami ! dis-je en posant le pied sur la berge. Merci pour le repas ! Et bonne promenade !

Rassure-toi, ami lecteur, le paysan ne se noya pas. Il prit juste un bon bain et n'essaya plus jamais d'attraper un de mes frères renards !

18

Le puits

Je connais un poulailler dans lequel il est facile d'entrer : c'est celui des moines blancs. J'y vais de temps en temps, quand les poules sont bien grasses. C'est le cas aujourd'hui. J'attends que tout le monde dorme et j'y pénètre sans difficulté. Je tue trois poules, en mange deux sur place et repars avec la troisième qui régalera ma douce Hermeline. Mais quelle soif !

Heureusement, je sais que derrière le couvent des moines il y a un puits. Je m'en approche. Le seau est au fond. Je monte sur la margelle, pose la poule et saisis l'autre bout de la corde. Je tire de toutes mes forces, mais subitement je perds l'équilibre. Je tombe dans le puits, et comme je n'ai pas lâché la corde, le seau remonte aussi vite que moi je descends !

Heureusement, il n'y a pas beaucoup d'eau et j'ai pied. Je bois tout mon soûl, puis me mets à réfléchir. Comment sortir de ce piège ? Comment me cacher quand les moines blancs vont venir chercher de l'eau ? S'ils me voient, ils vont m'assommer à coups de pierres ! D'ailleurs, j'entends du bruit au-dessus de ma tête. Pourvu que... oh ! c'est le museau de frère Ysengrin que je vois là-haut !

– Hep ! compère !

– Qui parle au fond du puits ?

– C'est moi, Renart.

– Mais que fais-tu là ?

– Je suis au paradis, frère loup.

– Au paradis ?

– Oui, ce puits est un paradis pour nous. Il regorge de poules, de lapins et de canards. Tu n'as pas faim, compère ?

– Oh, que si !

– Eh bien regarde sur le bord du puits, il y a une poule que j'ai laissée tout à l'heure. Mange-la, je te la donne avec plaisir. Il y en a tellement dans ce puits !

– Mais ne puis-je pas descendre ? me demande Ysengrin la bouche pleine.

19

– Bien sûr, mon frère ! Quand il y en a pour un, il y en a pour deux ! Prends place dans le seau, je t'attends, lui dis-je en serrant fermement la corde.

Dès qu'Ysengrin monte dans le seau, la corde se dévide, et comme je suis plus léger que lui, je le croise au milieu du puits.

– Où vas-tu, frère Renart ? Suis-je dans la bonne direction ?

– Oui, continue tout droit. La place est si bonne que je te la laisse tout entière !

J'atterris sur la margelle du puits à l'instant même où Ysengrin prend son premier bain !

Je l'entends, tout au fond, qui se désole :

– Mais où sont poules, lapins et canards ?

– Ah, cher frère ! Peut-être n'as-tu pas mérité le paradis !

– Maudit Renart, tu m'as encore trompé ! Aide-moi à remonter.

– Pas le temps, voici les moines qui arrivent.

Je prends mes jambes à mon

cou, laissant Ysengrin prendre les coups !

Rassure-toi, ami lecteur, ils ne tuèrent pas Ysengrin. Disons qu'ils le laissèrent pour mort, au pied du puits. Mais il va falloir que je te laisse ; j'entends du bruit autour de ma maison. Peut-être Ysengrin, à moins que ce ne soit Brun ou les marchands de poissons ! Le temps de m'en occuper, et à bientôt pour d'autres aventures !

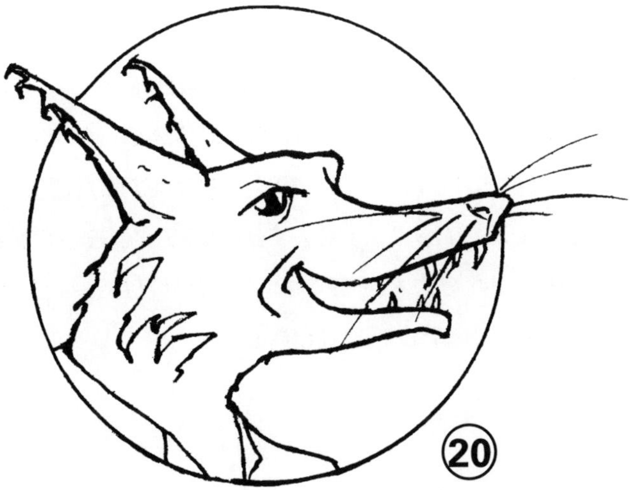

20

ISBN 2-913719-14-7

Imprimerie France Quercy, 46001 Cahors
N° d'impression : 41727 - juillet 2004